식어가는 검은 입술
My Black Lip
Cooling Far More

임경원 한영대역시집

translated by Lim Kyoung-won

청어

식어가는 검은 입술
My Black Lip
Cooling Far More

임경원 한영대역시집

translated by Lim Kyoung-won

시인의 말

어제는 소나기가 내렸다 서럽게
시냇물도 울고 갔다

오늘은 마른 바람이 분다
젖은 풀잎을 말린다
왕성한 식욕이 풀잎을 먹는다

두서없는 말끝은 항상 저리다
오늘의 언어는 내일의 사유가 된다

잃었던 얼굴을 찾아간다
처음으로 돌아간다 소리 없이

무겁다 무게가 쓰레기를 쓸어 담는다
하늘은 웃는다

2021년 11월
임경원

The poet's words

Yesterday a shower fell, dolefully
Even the brook wept, flowing down

Today blows a dry wind
It dries wet grass blades up
seeming to eat them up voraciously

Rambling end of words often aches,
Yet, a language today becomes a thought tomorrow

Regaining my lost face
I turn back to the beginning voicelessly

So heavy feels the weight
However I scoop up rubbish
The sky laughs

November 2021
Lim Kyoung—won

차례 | contents

2부 | chapter 2

3부 | chapter 3

4부 | chapter 4

1부

Chapter 1

낯설었던 주춤거림은 서로를 고민하며
서로의 그림자가 되어주기로 한 맹세를 꼼꼼히 다지며
두 얼굴에 피어나는 심연을 서로에게 기울이며
서로에게 떠밀리지 않을 약속을 하며

Anguishing of unacquainted hesitation each other
Establishing meticulously the pledge to become shadow
each other
Paying attention to the abyss to burn up on two face
Making an appointment not to become washed up each
other

빤빤한 낮

독단적인 불응함이
유감을 불러내며
비판하지 못하게 하는
그대의 이유는

나와 그대 사이에 조건이 되어
책임을 갈구하는 영혼 앞에
홀로 선 구별됨이 된다

반복적으로 사라지는 언어들이
흔적조차 남기지 않는 기억에
여름 한때 날파리처럼
날아와 허공을 지어내고

그대 마음속 꽉 찬 허무가
서로의 마음을 할퀴는
냉소적 웃음이 되고

습관화된 그리움
구속의 글만 남긴 잔인성
공상과 이상 속의 갈등

마음을 자아내게 하는 텅 빈 웃음 속에
그대를 단련해가며
침착하게 행복을 찾아간다

자아상실감 속에 빤빤한 낮
적막한 사랑
그 속에서의 자아발견

Shameless Face

Calling a regret out
By overbearing nonacceptance,
Your reason why
Never to criticize

Becomes a condition between you and me,
In front of the soul craving for responsibility,
Distinct to stand alone.

Repeatedly disappearing languages
Fabricate the empty air in the memory
That do not leave even traces
Flying like mayflies a while in the summertime.

The nihility filled full in your heart
Come to laugh cynically
Scratching the heart of each other.

Customized longing;
Cruelty to leave writings of restriction only;
Conflicts between daydream and ideal.

Letting you trained to draw
Empty laughter out of the heart
visits such as "happiness."

On shameless face in the self−loss−feeling
In lonely love
I discover self−ego.

뚱뚱해진 눈빛

초록별을 따라간다
바람은 잠을 자고
비는 나무에 앉아 자신을 털어낸다
내리는 빗물은 핑계를 댄다

보이지 않는 문에 갇혀
해가 사라지자 달이 기어나온다
구름처럼 부풀어 오르는 꿈
별을 닮은 그대에게 별가루를 뿌린다

너무도 검은 깊은 밤
그대의 뻣뻣한 머리에 물을 준다
그대의 머리털은 검은 나무 같다

낙엽이 몰래 몰래 뒹군다
그대 떠난 집을 찾아간다
나의 심장은 빠르게 움직인다

빈 마음은 부풀어 오르고
뚱뚱해진 그대의 눈빛, 비릿한 냄새
그대의 눈빛이 헉헉댄다

그대를 뱉어내고 싶지만
나의 마음을 잔잔케 하는 그대
소리보다 빠르게 그대에게 가고 싶다

미동도 하지 않는 꺾어진 어깨
수그러드는 얼굴
비가 올수록 더욱 질겨지는 머리카락

오늘따라 착한 마을버스를 타고
내 마음 그대 향해 점점 투명해진다

Your Fatty Eye Light

Following after a green star,
The wind sleeps. The rain sits on the tree
Washing off itself.
Its water makes excuses for nothing.

As the sun fades behind the invisible gate,
Moon crawls out.
My dream swells up like a cloud
Sprinkling stardust at you who's like a star.

In such a night, so deep and dark,
I water over your stiff hair,
Which now looks like a black tree.

Fallen leaves roll about furtively,
Even visiting your place left out,
That my heart throbs fast.

Your hollow mind swells up
As the eye light gets fat and fishy,
Badly puffing and panting.

Though I would spit you out,
You are one to calm my mind,
Whom I'd run to speedier than sound!

Drooping shoulder without a move;
Relenting face,
With hair growing tougher under the rain.

On the town bus that looks even kinder today,
My heart toward you becomes more limpid bit by
bit.

멀쩡한 그리움

종종걸음으로 가을을 비낀다
지나가는 바람은
그대의 존재를 알렸다

아스팔트 위에 그대들은
내게서 조금씩 사라지고 있었다
남은 낙엽은 고독 속에 울었다
하지만 점점 색깔을 바꾸는 그대들은
슬프게 예뻤다

한켠에 한없이 시들어가는 나뭇잎들
차라리 낙엽이 되지
열린 마음으로 그대를 맞는다

나를 잊고 있을 때가 좋다
나에게로 돌아오면 너무 초라하다

진실을 거스르면 아픔만 남는다
나의 진실된 마음은
나의 의식에 갇혀 마음껏
쏟아내지 못하고

과거로 과거로 치달아
현재를 부정하며 미래를 꿈꾸며
계절을 초월한 채 시들어가지 않는다

너무도 멀쩡한 그리움
그대에 대한 사랑 후회하지 않는다
하지만 이 슬픔

Intact Longing

I scurry across autumn;
The passing wind just informed me
Your existence.

Over the pavement, you disappear
From me, little by little,
With leaves left behind weeping in solitude.
But as you change colors gradually
You look so pretty well in sadness.

Foliage wilting endlessly on the other hand,
--Rather be fallen instead
Greet you with an open mind.

Better when I forget me,
I'd feel too pathetic when in myself again.

Defying truth leaves you pain only.
My true heart is locked in consciousness
And can't pour out,
Only running up back to the past,

Denying the present

And dreaming of the future,

But unwithering ever, transcending the seasons.

My longing, so intact,

Does not regret my love toward you.

But alas, my sorrow! What can I do with it?

생기 잃은 숨결

사랑하는 척하는 버거움은
나를 설득하지 못하고
침묵으로 나를 시험하는 위선은
내 마음속에서 부풀어 올라
진실과 함께 터져버린다

한갓 동정심에
같은 행선지에도 길이 갈리는
숨겨진 의지는

그 거짓에 나를 질식하게 하며
보상은 보복으로 전이되어 의욕을 잃고
거슬리는 향취는 다가와
나의 마음을 벌거벗기는
그대의 일말의 순수

검은 하늘 아래
뻔뻔스러운 사색에
순풍을 원하는 이기(利己)에
은밀한 순간적 눈길과 숨결

나의 짧은 긍지는
진리를 왜곡하는 허영에
사랑에 속은 한탄이 되어

냉혹한 그대의 가슴에
변하지 못하는 양심의 후회에
조금의 진지함도 없는 손길 속에서

나는 나로 돌아와
진정한 내가 된다

Respiration Loses Liveliness

The burden of pretending to love
Does not persuade me.
The hypocrisy testing me in silence
Bursts together with truth
Swollen in my heart.

The way is divided by hidden volition
Even in the same destination
For just only sympathy.

While the falsehood suffocates me
And compensation loses desires, changed into
retaliation.
The offensive fragrance
Approaches me and take off my heart
By your slight innocence.

Your secret and momentary eyes and breathing
For convenience to want fair wind
In the shameless meditation
Beneath the black sky.

My brief dignity becomes
Lamentation deceived in love
For vanity distorting truth

In your hand not to be serious a little
For the regret of unchanging consciousness
For your cold heart.

After all, I return to myself
And become the true me.

두 번의 이별

꿈틀대는 새싹처럼
나의 울음을 깨우는 추측은
나의 마음을 훤히 아는
여유로운 잠깐의 멈춤
그 연약한 시야에 길을 잃고

추억 속에서 그대를 외면했던
나의 외압(外壓)이
가로막힌 담장에
담장 너머에 그대를 외면케 한
가벼운 무지에
정확히 구분 짓는 혼동에

그대의 독성을 모두 파괴하는
숨겨진 급박한 마음에서
우연을 필연으로 바꾸는 허상은

우연히 따라 걷던 비탈길에서
뒤섞인 형체가
더욱 적극적으로 다가오는
그림자의 포효하는 소리에

그대의 깨어진 얼굴
나의 옷소매를 적시는 눈물은
뒤늦게 도착한 추락에
두 번의 한결같은 이별은
그대의 표정을 훔쳐가고
언어만으로는 부족한 열정은
나를 잃게 한다

Farewell Twice

Conjecture to rouse my crying
Like wriggling sprout
Is of stopping only a while leisurely
To know my heart brightly
Losing my way for the tender sight.

My external pressure to turn away your face
In the reminisce
Lets me divide the confusion accurately
In the mild ignorance
That I turn away you outside
For blocked fence.

In your hidden urgent heart
To destroy your toxicity all
Virtual image transfers coincidence into
inevitability.

On the sloping road to tramp by accident
The mixed figure
Approaches more actively
And roars the sound of shadow.

In your broken face

With tears soaking me by the sleeve,

Unchanging farewell twice

To fall arriving late

Steals your expression,

And insufficient passion short of words

Lets me lose myself gradually.

생기 잃은 눈물

소리 나지 않는 눈물
마음의 조심스런 기척
간밤 그대의 향기를 물고
넝쿨처럼 다가가는 빈 손길
비밀처럼 숨겨진 얼룩진 허상

점점 뚜렷해지는 마음의 외도
따라서 진부해지는 눈빛
식어가는 검은 입술

늙고 차가운 손길은
그대의 마음을 반영하듯
침잠하는 나의 소름 끼치는
슬픔의 서막에서
커튼은 아우성을 치고

말라붙은 검은 머릿결은
창백한 얼굴에 굳어가는
낮은 심장 소리에
나의 마음은 그대에게서
소외되어간다

저녁 바람처럼
대답할 수 없는
소란스러운 마음은
가로등 아래로 흘러가고

고요히 허공을 헤매는
절뚝거리는 늦은 밤에
나는 눈물 속에 숨어
생기를 잃어간다

Tears Losing Liveliness

Soundless tear,
Careful sign of heart
Empty hand approaching to you
Like the vine to keep your fragrance last night
False stained image like secret to be hidden.

My love affair of heart clearing increasingly
Eyes to stale after all
My black lip to cool more and more

As aged and chilly hand
Seems to response your heart,
On the prelude of sadness
Creeping me to engross
Outcries the curtain.

In my low heart's sound
With my pale face hardened
By black hair to be dried up
My heart
Has been alienating from you

Like night wind
My tumultuous heart
That can not answer
Flows beneath the streetlight.

At the limping late night
To wander the air quietly
I become to lose liveliness
Hidden in my tears.

흔들리는 입김

넘쳐흐르는 달빛
그 빛에 투영된
차마 인정할 수 없는 낯설음

아직 유효한 위선은
그대 몰래 숨긴 불안한 사랑에
생각을 훔쳐가는 안개 낀 허공에
마음을 떨고 흔들리는 눈동자

모두 나의 것이 될 수 없는 그대 마음에
찬 서리가 내리고
긴 이별을 예고하는 이 깊은 밤에
진실을 표현하지 못하고
마음을 비트는 뒷모습만
부표하는 서성거림

그림자에 내 마음 비추어 보는
어리석은 슬픔이
멀리 있는 그대 생각하다가 삼켜버린
주제넘은 설레임 속에
적막은 더욱 짙어지고

가슴 속에 돋아나는 순한 사유
피곤한 의지는
닫힌 눈빛이 내 마음을 덮을 때
밝은 빛을 내어 쫓는 그 진실에
오로지 감은 눈으로
장님처럼 봐도 보지 못하는
그대 향한 마음에

흰 눈처럼 보드라운 미소를
마음에 뿌리고
시들어가는 낙엽
그 위에 흔들리는 입김을 보낸다

Shaken Puffs Of Breath

Overflowing moonlight
And unfamiliarity projected by the light,
That can not bear to recognize,

Hypocrisy still effective
Let my heart shiver and pupils shake
In the foggy air stealing my thoughts
For uneasy love hidden stealthily.

This deep night to foretell a long estrangement
When the frost falls on your heart
As a whole could not be mine,
I hang around with the back appearance
Only floating,
To twist my heart not expressing truth.

In impertinent thrill,
That foolish sadness
Mirroring my heart on the shadow
Swallow up missing you in the distance,
Has the dark desolation even darker.

Such mild thinking sprouts in my heart
And my tired will
Does not look my heart toward you
Like blind man
Who can not see the truth, despite seeing,
To flap bright light
In only closed eyes.

I spray my tender smile over my heart
As white snow
And I send my steam of breath
To fallen leaves withering little by little.

약속

바람 속에 그대의 목소리가 있다
마음을 울리는 속삭임이 있다
속삭임 속에 내 영혼이 그대에게 잠긴다

맹목적으로 달겨드는 큰 울음은
좁아진 형체의 그 고귀함에
거짓 없이 비뚤거리는 그대 품에서
슬픔은 더 이상 울음이 되지 않는다

피 끓는 두 영혼의 두근거림은
서로를 마음에 지그시 누르며 서로를 마시며
되돌아오지 않는 추억을 되씹으며
다시 틈 없는 추억을 쌓고자 하는
깊었던 그리움을 아로새기며

낯설었던 주춤거림은 서로를 고민하며
서로의 그림자가 되어주기로 한 맹세를 꼼꼼히 다지며
두 얼굴에 피어나는 심연을 서로에게 기울이며
서로에게 떠밀리지 않을 약속을 하며

두려움 없이 깊어가는 서로의 맨발에
망설임 없이 스치는 낱낱의 나날에
흔적 없이 피어나는 아득한 새벽별
칼날 없는 칼로도 서로를 더듬지 않기를
먼저 부서지지 않기를

Pledge

There is your voice in the wind.
There is your whisper to ring my heart.
My spirit was absorbed in you by your whisper.

Big weeping to rush blindly,
That sadness becomes crying more further,
In your bosom crooking without falsity
For the loftiness of the narrow body.

The bloody—boiling pulsate of two soul,
Pressing perseveringly our heart, drinking each
other,
Reiterating reminiscence not to revert
Elaborating deep longing
To build to reminiscence without gap between us.

Anguishing of unacquainted hesitation each other
Establishing meticulously the pledge to become
shadow each other
Paying attention to the abyss to burn up on two
face

Making an appointment not to become washed up each other

On the bare foot each other to be familiar without fear
In days one by one passing by without hesitation
Distant stars blooming without traces
May not feel for each other even in knife without blade
May not crush earlier each other.

2부

Chapter 2

바람은 그대를 뒤따라가고
그대가 겹겹이 침묵해도
하얗게 드러나는 이빨 사이로
잰걸음을 걷던 수런대던 어둠

Although the wind follows you
And you hold your tongue manifoldly,
The darkness went on footstep fast
Between tooth revealing whitely.

시려오는 심장

검은 별에 부서지는 비극은
녹아내리는 눈물 속 눈이 멀어
거침없이 오르는 장미덩굴처럼
최고의 이유가 되어

점점 붉어지는 입술 그 속의 혀가
고립된 영혼을 관념으로 이끌어
거꾸로 거슬러 올라가는 역설은

유일한 이별 앞에 가슴 졸이는
메말라가는 그대를 닮은
한 마리 거미처럼
온통 먹잇감에로 날름거리고

무심해지는 오해는
어두워지는 밤을 말려버리고
구석부터 차오르는 맹목적 선택은
가슴까지 차오르는 회오리에
투명해지는 쓸쓸함

냉정한 유혹을 견디지 못하고 돌아선
동질감에 무의미는 깊어가고
사치한 감정은 서로를 더듬고

죽을 듯 내 영혼을 울리는 불확실성
애매한 표현은 내 마음을 파먹고
그대의 아픔을 도용하고
심장은 시려오고

Heart Getting Cold

The broken tragedy by black star
Let me blinded in melting tears
And become such supreme reason
As the rose crawling up without hindrances.

The reddening tongue inside the lips
Drag the isolated soul into a notion
To the paradox that offense upside down

Like the head of a spider
Resembling you, who is drying gradually,
To be anxious about one only separation,
I dart in and out for all sorts of prey.

When nonchalant misunderstanding dries up
The darkening night
My reckless choice satisfied from the corner
Becomes the solitude to be transparent
By a whirlwind rise to the breast.

Meaninglessness has deepened my sense of identity
To turn around not enduring cool tempt
After all, we feel for luxury emotion each other.

The uncertainty ringing my spirit into deadly
crying,
And an ambiguous expression is digging out to eat
my heart up,
To embezzle your pains
With the heart growing cold.

뭉개진 마음

그대 사랑 내 마음에 없다는
거추장스러운 거짓을 다 벗고
더듬더듬 기어 나오는 뭉개진 마음

그리움이 너무 넓어서
그대를 향한 지침은 너무 바래서
과거에 대한 집착은 흔들리고

그대의 시시한 마음
여기저기 흩어져 날 울리는 마음
백지 같은 눈 속에서
아무 흔적도 남기지 못하고
부서져버리는 눈물

그대가 나에게 준 것은 공백이지만
그대 마음 읽다보면
웃음 섞인 자조적 위선 속에 속아
사랑이 사랑을 더 부르는
속삭임에 깊어져 사라질 줄 모르는 허상은
그대를 허상이라 부르며
마음 아파하지만

미련 하나 없는 그대는
아무리 마음을 가꿔서 다가가도
검은 구름이 되어 비를 내리고
나의 진한 감정은
빗물에 노곤해진다

A Trampled Heart

My trampled heart crawls out gropingly,
Taking off burdensome falses
Such as there is no love for you in me.

My obsession with the past shakes,
For my longing gets too broad
And my guidelines for you much faded.

Your trivial heart;
Your mind distracts about here and there,
And it makes me cry
With tears scattered in the snow
White as bleached paper, without any trace at all.
What you have given me is no more than nothing,
But if I read your mind,
Still get fooled by self—smocking hypocrisy
Mixed with laughs; a delusion dipped in deep whispers
That love calls for more love hardly disappears.
My heart is painful, when I call you a false image.

You have no lingering attachment for me at all,
So no matter how tenderly I approach you,
You become black clouds to rain,
And I, thick with emotion get
Languid in the rainwater.

죽은 눈동자

모든 것을 무색하게 하는
냉소적인 곁눈질
빛을 잃어 납작해진 낯빛
미동도 하지 않는 깨질 듯한 눈동자

물 속에 설탕을 녹이듯
그대 안에서 나를 녹인다
그대는 달콤한 나를 마신다

그대 마음 꼼꼼히 읽어본다
내 마음도 읽어본다
우린 서로 같다
하지만 그대의 눈동자
왜 죽어있을까

나의 마음 비가 되어
그대 안에서 내린다
시 속에서 나를 잃는다
내가 죽어간다

작년의 기억이 나를 감싼다
그때도 나에게 자국을 남겼다

평범한 나에게 그댄 너무 커서
마음이 빈 껍질을 지나친다
그대 쫓는 내 그림자는 점점 짧아져
그대 향한 마음 낙엽처럼 사라져간다

Dead Pupil

A cynical askance
To shame everything;
Flat complexion losing the light,
With the frail pupils unmoving at all.

I melt in you
As the sugar in water.
Thus you drink my sweetness.

I scrutinize your heart keenly
And I read even my heart,
We are the same each other.
But why do your eyes
Look dead?

My heart becomes rain
And it falls in you.
I am dying
Losing in your poems.

Memories of the past year
Wrap me, even then it left scars.

Too big you are, to ordinary me.
My mind passes out the empty shell.
Now that my shadow pursuing you gets shorter and
shorter,
My heart for you fades away. So do the fallen leaves.

검은 밤

깊어가는 가을
나뭇잎 떨어지는 소리 들으려
귀 기울이지만
이미 떨어진 나뭇잎들이
발에 젖어 내는 바스락 소리만
울려온다

어디까지가 진정한 사랑인지
추억을 부러뜨리고
마르지 않는 눈물을 참으며
나를 그대에게 데리고 간다

이젠 견디기도 피곤하다
그대 향한 내 마음
이젠 지우고 싶다
하지만 그럴수록 나의 마음은
점점 늘어난다
지루해지는 슬픔

그대의 눈짓 몸짓
내 안에서 해결하지 못하고
주머니에 주워 담으며

내 마음을 오려 그대에게 보낸다
그대의 대답이 너무 늦게 도착해
지는 해를 따라 내 마음도 진다

그대 침묵하면
견딜 수 없어
버틸 수 없어
나도 침묵하며 그대에게 내민 손이
미끈거린다

Black Night

As autumn deepens itself,
Though I try to tune into the sound
Of leaves falling,
The leaves that have fallen off reverberate
Only their wet susurrations
Along my footsteps.

I bring you myself,
Even busting down my memories
And holding back watery eyes:
To what extent is true love?

Now weary of enduring,
What I wish to blot out
Is my mind toward you!
But the harder I try,
The more my heart buoys up;
Getting bored in sadness.

Your winks and gestures
That can I not handle within my mind
So just getting and putting them in a sack.

I cut out a heart, real or not, from me,
And send you now. But your reply has arrived too
late
My heart sets, along with the sun.

If you are silent, neither can I endure it,
Or sustain me,
I also become silent,
And the hand I just held out to you
Get slippery.

그저 따라가는 욕망

소심하게 깜박이는 눈
무겁게 느껴지는 삶은
그대의 삶을 모방하는
침묵하는 한 마리 나비처럼
메말라가는 육체 속에
구역질을 느끼며

어렵게 찾은 본질 앞에
겉껍질만을 치장한 모순은
그대의 본성을 만나지 못한
무지 속에 그대만 추구하는
나의 이기적 맹목성

섬세하게 내 마음을 파고드는
최선의 만족은
나에게 완전함을 요구하는
그대의 거짓 취향에
역겨움을 느끼게 하지만

나의 가련한 영혼은
그대의 빈손에 위안을 삼고

부끄러움을 숨기는 진실은
조금의 분개도 없이
정확하게 꽂히는 화살처럼
내 마음에 꽂힌 그대

그대의 마음 조각을 주워 모아
초저녁 때 아닌 별처럼
두근거리는 내 마음

내 마음 그대로 가득 찼다고
느끼지만 이 낯설음은 무엇인지
그대에 대한 나의 불신인지

차갑게 다가오는 인식의 얼음
용서치 못할 전제 앞에
그저 따라가는 욕망

Desiring To Just Follow

Timorously flickering eyes
In heavily loading life
Feel disgusting
In the body getting dry
Like one silent butterfly
To imitate your life.

In front of the substance recovered hardly,
The contradiction to ornament only the mere shell
Can be my selfish blind property
On the inside of ignorance
That does not meet your nature, pursuing you only.

My best satisfaction
Digging delicately into my heart
Is to feel disgusting
For your false preference
To require my completeness.

My pitiable soul makes
Your vacant hand its comfort,

The truth hiding shame makes
You stick into my heart
Without even a little resentment,
Like an arrow hitting precisely on the target.

Collecting up pieces of your heart
Like the untimely—early evening stars,
My heart is beating.

Although I feel my heart filled with you,
I wonder whether what this unfamiliarity is about
Or it is my disbelief in you.

The ice of recognition approaching coldly;
The desire following just
Not to forget you!

기억 속에 물든 사랑

허공에 걸친 비애
도망칠 수 없는 그리움에
슬픔의 질서를 잃고 흘러내리는
오래전 눈 시린 사랑

잔주름을 펴고 흔적 같은 눈물을
무너뜨리는 위기에도
끈질긴 고독에 하얘진 눈꼬리
잊었던 눈물을 토염 하는 심연

마음을 잃은 나의 가슴은
더듬거리는 눈물에 닫힌 목소리
그대와의 기억은 오직 빈집이고
텅 빈 집에서 텅 빈 유혹에 빠져

한 조각 먹먹함에 눈과 귀를 잃고
쏟아지는 그리움에 검은 낯은
그대를 참지 못하고 흘러가고

나의 작은 틈에 마음을 송두리째 다듬던
그 욕구는 공중에 떠 닫혀진 눈빛

그것을 갉아먹던 체념 뒤로
눅눅한 입김을 내뿜던 물그림자 속 뒤척임

바람은 그대를 뒤따라가고
그대가 겹겹이 침묵해도
하얗게 드러나는 이빨 사이로
잰걸음을 걷던 수런대던 어둠

Love Dyed In Memories

My dazzling love of long ago
To run down losing the order of sadness
For the inescapable longing,
Or grief spanning the air.

The abyss that spits forgotten tears
To grow white by persistent solitude
Despite the crisis that straightens fine wrinkles
And destroys such tears as traces.

My chest that lost the heart is the voice closed
For stammering tears. And my memory of you
Is the only empty house and vacant temptation
To have fallen in the vacant house

Losing eyes and ears by a piece of stun,
Blackened face for pouring longing
Does not bear you to flow down.

The desire to grope my heart thoroughly
In my small chink is closed eye rising in the air,

And is turning over in the water shadow to emit a
breath,
Damped behind resignedness gnawing it.

Although the wind follows you
And you hold your tongue manifoldly,
The darkness went on footstep fast
Between tooth revealing whitely.

서로 같이하는 두려움

헝클어지는 견고한 희열은
그대를 놓치지 않고 털어내는 몸 속 가시에
항상 울고 있는 나의 그림자 속 반항

나의 눈물을 서성대는 낱장의 고백
비늘 없는 아가미에서 숨을 쉬는
그 안도감이 가로등에 조용히 누워
뒤척임 없이 흘러가는 밤하늘을 보며
희미한 불빛에 번져 나오는 그대의 발자국

움푹 패인 눈썹은 나를 도려내고
점점 녹아내리는 입속 옹알이가 울렁이고
캄캄해지는 눈보라에 그대를 귀에 대고
덮혀진 소리는 뼈를 갉아내고

밤새 그대 안으로 들어가고픈 허기는
그대의 체취에 돋아나고
밀려나는 그림자에 흔들리는 자아는
숨구멍에서 무너지는 숨소리

서둘러 깨진 마음에 조금씩 늙어가는
묵은 체취를 걸어 잠그고
몰락하는 진실
오로지 침묵으로만 집어삼키는 허위

Sharing Fear

The sturdy ecstasy to entangle is only my rebellion
Weeping always in the shadow for a prickle
In body not missing you but brushing aside.

My tear is a sheet of shortly hovering confession
And is your footprint to spread out in dim glim,
When I see the night sky flowing without turning over
The sense of relief to breathe in the gill without
scale
With the feeling of the relief lying so calmly on the
streetlight.

Hollow eyebrow scrape me out,
Gurgle in lips throbs melting gradually,
And the sound, nibbles my bone also, touched
To your ear for a gloomy snowstorm.

Hungriness to hope to enter in you whole night
Sprouts on your body odor,
And shaking self—ego in crowding shadow is
The sound of breathing collapses on a pore.

I lock up in a hurry my perennial body odor

Growing old gradually in the broken heart.

Besides, the ruining truth

And fallacy, only embezzled in silence too.

얇은 밤

기다렸다가 쓸려가는 낙엽처럼
너의 상처로 나는 살아있네
맨발로 그대를 느끼고픈 정열
거친 비가 오면 더욱 더

아직은 슬픔이 부족한지
바람이 두려워 뒤로 물러서는 본질은
나의 겉껍질을 깨는
낙엽의 울음 속에
그림자를 속이는 숨겨진 진실 속에
그대와의 조각난 약속을 지우네

그대는 나의 상처를 느끼지만 고요하고
그대는 나의 향기를 애써 지우며
그리움을 먹으며 부서지고
나의 슬픔을 그대로 베끼지 않기를
그대만은 그리움을 넓히지 않기를

그대만의 언어는 나를 울리고
착하게 웃음 짓는 나에게
불편한 그대의 눈빛은 슬픔이 되고

얇은 밤
바람에 도망가는 낙엽

오늘은 바람을 세지 않겠네
그대의 시 속에서 나는
나를 잃고 죽어가네

Thin Night

I live on your hurt,
Where fallen leaves swept a while ago.
My passion, to feel you on my bare feet,
Upsurges more in hard rain.

With sorrows still not enough;
Substance retreats from the wind in fear,
In the crying of fallen leaves
That busts my shell,
And in truth, in the guise of shade,
Erasing the pledge by us, shattered before.

You are silent though you feel my hurt;
You blot out my scent
Being crushed and eating out your longing.
Oh may you neither copy my sorrow
Or widen your longing!

Language on your own makes me weep,
And your awkward eye light gives me sorrow,
Who tenderly smiles.

Thin night,
Fallen leaves flee in the wind.

Today I will not count the wind
And am dying with me
Lost in your poems.

붉어가는 미래

구름처럼 모양을 바꾸는
그대의 마음을 접고
말라붙은 혀가 끈적거릴 때
나의 허약한 온기는
이젠 질겨져 지쳐가는
살아서 오르는 무의식 속에
악착같은 입술

한순간도 잊은 적 없는
그대의 체취에
몰래 흘린 욕실의 머리카락에
나의 고집스런 침묵은

허상처럼 사라져가는 흔적에
끈끈한 타액을 씹으며
뒤엉킨 목소리는 그대를 비웃지만
텅 빈 유혹에 지친
지독하게 검은 밤

어두워지는 혀가
붉은 입 속에서
눈물 흘리는 공허

마음만 움켜진 비루한 손길이
나를 통째로 삼키려하는
무성한 겉껍질에
여유로울 수 없는 비참함

붉어가는 미래는 나를 흔든다

The Future Getting Blush

When you turn back your heart
Such as the cloud to change figure
And your dried tongue is sticky,
My weak warmth is the same
As the persistent lip
In the unconsciousness to resuscitate hardly
Being exhausted increasingly.

My obstinate silence
Possessed secretly by the hair in the bathroom
Or, your body smell I never forget
even a moment,

Chewing sticky saliva
For the traces disappearing like a false image,
An entangled voice ridicules you.
However, I am tired of the empty tempt
On the terrible black night.

The emptiness shedding tears
In the red lip
With tongue gradually darkened

Unrelaxable wretchedness

In the dense husk

To swallow me bodily

In the mean hand to grab a heart.

Future getting blush shakes me.

3부

Chapter 3

그대 손길 속에 내 마음 헤아려주지만
용기내지 못하는 거부는
조심스러운 손길에 의지를 잃고
튀어 오르는 탐욕에 지친 환한 밤은
자아를 잃어가는 독배에
그림자만을 남긴다

Though my heart is pondered on, by your hand
My denial not to take courage
Lets me lose my will by my cautioning hand.
At beaming night exhausted of rushing voracity
I leave only shadow for hard liquor
Losing self-ego.

폐쇄된 지름길

꿈은 단순히 꿈이라지만
꿈이 그대와 나를 분리시키고
그대 안에 숨 쉬는 먹구름은 짙어간다

물기 없이 마른 그대의 두 눈은
그대의 검은 피부 속에서 더욱 검어지고
소름 끼치게 그리워하는 나는
과열된 그리움에 호흡이 뜨거워진다

그대를 닮은 검은 심장은
내 가슴을 뚫고 지나가고
퇴폐와 자폐는 차압된 순수 속에서 태어나고
팽창된 그리움은 숨결 속에서 터져가고

지나가지 않는 혹한의 밤 속에서
눈물을 하나씩 떨어뜨리며
눈으로 그대의 손톱을 자르며

마음에 치미는 울고 있는 자화상은
질린 얼굴로 나를 맞는 그 위선에
기척 없이 자라나는 그대에 대한 그리움에

그대에게로 가는 폐쇄된 지름길에
별만 토해내던 나의 진실은
그대의 겉껍질에 어두움이 되고
심장은 빠르게 움직인다

Closed Shortcut

Though a dream is just a dream,
It separates you and me
With the dark clouds breathing in you, even go darker.

Your two eyes dried up with no moisture
Blacken further under your black skin,
I, missing you gruesomely, get hot breathing
By overheated affection.

A black heart resembling you
Penetrated my chest,
That decadence and autism were born in a distrained innocence,
And the expanded yearning burst in my respiration.

I cut your nails,
Dropping tears one by one
On a severely cold night seemed never to pass by.

In the hypocrisy of the crying self—portrait surging
in heart,
Meets me in a ghastly face,
Longing for you grows sneakingly.

My truth that vomited star—lights only
On the closed shortcut to you,
Have become darkness to your shell,
My heart is beating fast.

부적합한 눈빛

거친 하늘 밀랍인형처럼
납빛 어스름한 추락에
같은 시간 속에 함께 느끼는 절망

그대의 곱슬머리를 밤새도록 지켜 본
가련한 입술은 눈물 자국에 꺼져가는
이글거리는 심장을 데리고

마음 바깥으로 침잠하는 아름다웠던 방황
생채기는 말라가고 거기에 미세한 체취
잿빛 미소로 눈길을 돌리게 하고

나의 뜨거운 심장은
그대의 떨림을 그대로 기억해
그대의 숨소리 따라
자유로운 구속을 몰아간다

멈추어선 하얀 구름
그 속의 잿빛 별들이
본심을 오용하는 거짓에
더욱 잿빛이 되어가고

눈멀어 꺼져가는 본질
심장에 달라붙은 껍데기
비뚤어진 언덕을 오르는
차가운 열기에 그림자를 던지고

부적합한 눈빛에
나에게 펼쳐주었던 그대 마음은
어느새 녹슬고
그대를 견뎌내는 실존은
거짓으로 장식된 오해에 떤다

Inappropriate Eye Light

Like a wax doll in the rough sky
We feel despair together at the same time
In dusky fall.

My pitiful lips watching your curly hair all night long
Take my blazing heart to be blown out
By the tear prints.

The beautiful wandering to sink outside of my heart,
The scratch dries out, and the slight body odor there
Turn my eyes into the ash—colored smile.

My burning heart remembers your trembling
As it is
And drives free restrain
Along with your sound of breathing.

White cloud stopped
Ash—colored stars in it
Untruth to misuse my real intention
Let me get ash color gradually.

The substance to vanish losing its sight;
A shell attached to the heart
Throws a shadow to cold enthusiasm
Going up warped dunes.

Your heart unfolded to me
For my inappropriate eyes
Rusts before I know.
My existence to bear with you Comes to be misunderstanding
Decorated with falsity.

무색한 반항

찢어진 마음이 되니
나를 찾아온 맹목적인 의지
딸각거리는 구두 뒤축에
하얗게 드러내는 이빨

그대의 헐렁한 웃음과 심장은
내 마음을 허공에 쏟아붓고
짙은 립스틱 자국에
두터워지는 검은 저녁처럼
검은 손톱을 물어뜯는 식어가는 숨소리

빽빽해진 웃음의 무게는
나의 진심을 묻는 물컹한 눈물에
무거운 빈 공간이 되고

물기 머금은 눈은
그대의 와이셔츠 속에서
창밖 어둠이 서린 밤바람을 맞으며
진초록 눈동자가 되고

손대지 않아 무성해진 머리카락
지지부진한 저녁 바람에 흩날리지 않는
밤공기 속에 스며드는
새치 섞인 자조

희고 가벼운 손길
그 속에서 향기가 된 거친 바람
아침이 되면 사라지는 무색한 반항
입술은 말을 삼킨다

Ashamed Rebellion

Having ripped my heart
Reckless will visits me.
The clacking heel of my shoes
Exposes teeth whitely.

Your baggy smile and heart
Pour my heart over the air.
Like black night closing
By deep lipstick print
My cold breathing bites black fingernail

The dense weight of smile
Becomes heavy empty space
By squashy tear asking my truth.

My eye holding moisture
Becomes dark green pupil in the your shirt
Receiving night wind with darkness steamed up
Outside of window.

In sluggish night air not to scatter
Even in night wind
My self—mockery permeates my gray hair
Overgrowing not to handle.

Of the white and light hand
Of the wild wind to become fragrance there
Of the ashamed rebellion to disappear in the morning
My lip swallows words.

자아를 잃어가는 독배(毒杯)

허술한 미소로
내 마음 붉게 만드는 불확실성이
가볍게 뛰어넘는 눈물로
머리칼을 쓸어 넘기며
움푹 파인 골짜기 같은 울부짖음이
유리 파편처럼 내 마음을 찢는다

마음은 빗속의 안개같이 들썩이고
번득이는 망설임은 내 맘속에 숨어들어
그대 마음의 분노를 삭이고
삼켜지듯 조용해지는 탐욕은
별처럼 눈물짓는 가난한 의지에

나의 심장은 비가 내리고
그대의 쉰 목소리는 시들고
심술궂은 경고는 우리를 흔든다

검은 저녁 불어오는 휘파람 소리
거짓으로 치장된 어둠
그대의 머리칼 속에 지친 가슴
흐르기에 썩지 않는 눈물처럼

붉은 여름을 나르는 빗줄기는
흐르는 빗방울에 나를 취하게 하고
아직은 유효한 머리칼이
어둠 속에서 나를 유혹해

그대 손길 속에 내 마음 헤아려주지만
용기 내지 못하는 거부는
조심스러운 손길에 의지를 잃고
튀어 오르는 탐욕에 지친 환한 밤은
자아를 잃어가는 독배에
그림자만을 남긴다

Hard Liquor Losing Self—Ego

The uncertainty making my heart blush
With a shabby smile
Sweeps hair
In tears to take a slight jump over,
And the snicker like an indent valley
Split my heart like broken pieces of glass.

My heart, my exciting like fog in the rain,
And a flickering hesitation got into my mind by
stealth,
Ripes and swallows the rage of your heart,
And my silent greed likely to be swallowed
Let the poor will shed tears like stars.

The rain falls in my heart,
Your hoarse voice withers,
And perverse warning sways us.

Like whistling sound blowing at the black night
Like darkness dressed with falsity
Like your tired heart in your hair
Like tears not decaying to stream

The great streaks of rain to carry red summer
Make me drunken by flowing raindrops
And your still valid hair lures me
In the darkness

Though my heart is pondered on, by your hand
My denial not to take courage
Lets me lose my will by my cautioning hand.
At beaming night exhausted of rushing voracity
I leave only shadow for hard liquor
Losing self−ego.

꿈

그대 그리워 눈물 흘리다가
잠 속에 빠져들어
무의식 속에 항해하는
잠의 조련사

모난 의지로
마음껏 상상 속에 유랑하다가
아침 상쾌한 눈 비빔과 함께 일어나
꿈임에도 불구하고
그대와 함께였다는 위안 속에
오늘을 지탱하게 해주는
삶의 에너지

잠들어 움직이지 않는 눈은
나를 심연 속으로 끌어들여
삶의 실체를 망각하게 하는
현재의 나를 착각 속에 내어 모는
하지만 입이 없어 침묵하는

때론 나를 무지 안에 집어넣어
아기의 옹알이처럼
뜻도 모를 언어가 되어
이치에 맞지 않는 생각 속에
밀어 넣어 착각에 싸여
나를 잃어버리게 하는

꿈의 과장과 축소는
때론 나의 삶에 위화감을 주는
알 수 없는 미지의 세계

Dream

Missing you badly to tears
I slipped into sleep
And made a voyage
Through the sea of unconsciousness,
Like as a sleep trainer.

Of my harsh volition
I wandered to the full in imagination,
Then got up
Rubbing to refreshen my eyes to the morning.
Despite just a dream, It's become a consolation for me
That was I with you somehow,
And it's like life energy to sustain me along the whole day.

The eyes unmoving in sleep
Draw me into the abyss of oblivion To forget the reality of life,
And force me into present delusion
Even making me speechless

Sometimes it confines me in ignorance

To become meaningless words

Like babbling of babies.

Sometimes it pushes me into Unreasonable thinking

That I lose myself,

Wrapped up in delusion.

Exaggeration and reduction of dreams, sometimes,

Are strange world unknown

To give disharmony in my life.

먹먹한 슬픔

그대의 냉혹한 미소
둥글게 휘도는 바람에
가늘어지는 그림자

뜨지 않는 눈처럼 거짓 없이
나의 마음을 마셔버리는
그대의 심연

나의 마음을 훔쳐간 침묵에
가끔의 투박한 속삭임은
말수가 적은 간절한 요구에
구름처럼 모이는 곁눈질에

솔직한 비밀은
차라리 무기력이라 치부하며
한참의 침묵을 요구하는
먹먹한 슬픔 그 속의 눈물이
축축하게 가려진 추억을
호흡하는 심장에 진실을 토로하고

사랑임을 모르는 사랑이 진짜 사랑이듯
웃음으로 자조하며 나를 분노케 하는
거친 바람에도 흔들리지 않는 대담함이
그대 향한 커다란 그리움을
절박하게 잘게잘게 곱씹게 한다

Deafened Sadness

Your heartless smile;
And the shadow tapering
In the wind to round in a circle.

Your abyss
That inhales my heart falsely
Like closing eyes.

Your occasional unshapely whisper
That stole my heart in the silence
Lets me give a side—glance like gathering cloud
For an earnest request without a few words

The frank secret deafened in sadness,
To require silence for some time
Regarding it as lethargy,
In which the tear lets me disclose
Damply blocked reminisce
And the truth for breathing heart.

As unknown love is true love,

Non-shaken boldness even in the coarse wind

To enrage me, scorning n the laughter,

Making me brood on great longing for you

Urgently little by little.

체념으로 찍은 사진

보아도 보지 못한 체하는
그대가 그리워
체념을 배경으로 찍은 사진 한 장을
호주머니에 넣으며

마음은 뜨거워져도 느끼지 못하는
단호한 두려움은
가벼운 말 속에도 나를 잃고
흐르지 않는 호수처럼
능청을 떠는 눈물 속에
몸이 썩는 듯한 아픔을 느끼며

공감되지 않는 가능성에
텅 빈 공간에 웃자란 잡초처럼
내 마음의 이유 잃은 징후에
유예되는 침잠하는 작은 공포

그대의 침울한 목소리는
마음속에서 헤어져 본 적 없는
그대의 메마른 거짓된 사실을
고백하는 순진한 위선이

내 마음의 별을 추락시키고
가빠지는 호흡
심장은 불규칙하게 뛴다

A Picture Taking With Abandonment

I miss for you
Who do not pretend to see, seeing me.
And I put in my pocket, a picture taking
In the background with abandonment.

Determined fear not to feel the heart
Even though heating up
Lets me lose myself for light saying
And feel parching—like pain
In tears dissimulating
Like a lake not to stream.

Little fear to hesitate and withdraw
For the sign of my reasonless heart
Like weeds to overgrow in the empty space
Of possibility not to response.

Your depressed voice
Lets you confess your dry false fact
That does not break up once in my heart.
That naive hypocrisy

Lets stars of my heart fall,
And breathless respiration
Makes my heart beat irregularly.

절뚝거리는 시인

가벼운 말로 치부하며
우연으로 다가오는 창작은
잔인한 권태로 불신만을 쌓으며
나를 뛰어넘는 늙은 사고에
망상만을 쏟아내는
진실을 거스르는 값싼 동정

정신을 흩뜨리고 멈추어선 시간 속에
가치 없는 사색은 모든 언어를 왜곡하고

물질로 살 수 없는 과거
아직 드러나지 않은 숨겨진 사랑은
그 근원을 잃은 격렬한 욕구에
붉은 의욕은 또다시 창조를 토해내며
병든 마음은 살이 찐다

소외된 시인은 육욕에 언어를 잃고
점점 작아지는 소유욕과
왜소한 인식은 인간적 침묵에
겨우 안도하며 숨을 쉰다

부끄러운 기다림
차가운 미소에도 숨 쉬는 연민은
그대를 놓치고 마는 나의 헛된 지혜에
필연이 된 한 줄기 숨결과
그대의 모든 것에 호의적인 적막은
그대로 절뚝거리는 시가 된다

Laming Poet

My creative writing to approach accidentally,
Making a mental note with light words,
Piles disbelief only owing to cruel weariness
And gives cheap compassion going against truths,
Pouring out delusion only
For old thinking to surpass me.

In the stopped time dispersing the mind
Worthless speculation distorts all the words,

The past that you can not buy with materials,
And the hidden love yet to be revealed
Lets my sick heart gain weight,
And the violent desires spew out creations again
By the mind will lose the basis.

The alienated poet loses his words because of bodily
greed,
And the property desire getting smaller,
And dwarf perception hardly breathe,
Feeling the sense of relief for humane silence.

Ashamed waiting

Pity to respire even at a chilling smile

Becomes laming poetry as it is

Owing to a stream of respiration necessary

For my vain wisdom to miss you ultimately

And loneliness favorable for all yours.

고장 난 램프

침묵하는 그대의 마음
그대 생각하면 마음이 요동쳐
안정감을 잃고 흔들리고

그대의 마음 묻지 못하고
구별되지 않는 미소 속에
혼자만의 상상 속에 헤매고

흔들리는 눈동자는 비탈길에서
홀로 길을 잃고
조그만 바람에도 흔들리며
그대가 가져온 고장 난 램프가
홀로 울고

똑같은 언어는 침묵하지 못하고
나에게 생기를 주는 음악 한 송이는
어느덧 끊어지고

추락하는 무의식은
제자리를 그대에게 내어주고
쌓이지 않는 하루하루를 지루해하며

나의 진심을 일상 속에서 지워내는
그대의 차디 찬 동공

원하던 것을 잃고
솔직해지지 못하는 허구는
내 심장을 조여온다

Broken Lamp

Thinking of your silence
Lets my mind rock wildly
Losing its stability.

I wander to imagine all for myself
And smile mysteriously,
Not asking on your heart.

The broken lamp you brought
Looks like sobbing alone,
While my shaking eyes get lost on the slope
Still shaken
Even by a light wind.

Old same words do not get silent;
A bunch of music to make me lively,
Have been cut unbeknown to me.

Falling in unconsciousness
Has yielded its place to you,
So bored of each day not piling up;

Your icy—cold eye pupils blot out
My sincerity in the routine

Losing the things I hoped for,
My fictitious concoction without frankness is
Squeezing my heart ever.

회상

시야가 흐려져 온다
동공이 흔들린다
단추 구멍처럼 작아지는 마음은
잠시 멈춘 시간 속에 홀로 서있다

사고할 수 없는 주체는 나인데
그대는 너무 멀리서 곁눈질했다
나를 빈칸 밖으로 몰아내는 허영은
너무도 극명한 사실 속에 비껴왔다

판에 박힌 사랑은 먼 길을 같이 가기엔
너무도 지루해 극명해지는 평범함 속에
클라이맥스 없는 반전은 어느덧 굵어졌고

가끔 허무해지는 마음은
양초 하나를 마음에 밝히고
쓸모없어진 장작불에 데어
침착성을 잃고
까닭 없이 달아오른 하루는
열흘을 흘렸고

그 어루만짐 속에 하나가 되는
순진한 흔들림은
외로움을 잃기엔 너무도 빨라
혼자 마음을 사리며

점점 진해지는 노을처럼
멋진 그림이 되어
함께 서있는 우리를 꿈꾸며
반짝이는 별을 따라 길을 떠났다가
홀로 돌아왔다

홀로 돌아오는 길엔
비 한 방울 내리지 않았다

Reminiscence

Sight dims gradually.
My pupil swings.
My heart to be narrow like a button hole
Stands alone in the stopped time a little.

Because I am the subject without thinking
You look askance in a faraway.
Vanity to drive me out to the outside of blank
Have come to steal away stealthily in the stark
actually too

Because blatant tedious love is so much wearisome
To go a faraway way, in platitude to become
scrupulous,
Inversion without climax had been thick without my
knowledge so

My heart to be null occasionally
Light up a candle in my heart.
Losing equanimity
Scorched on useless wood fire

Let a day flow ten days,
Getting very hot without any reason.

Naive vacillation to became one flesh
In patting each other
For being rapid so for forgetting loneliness
Clinches the heart alone

Like the sunset to become dark gradually
Becoming nice painting
Dreaming that we stand together
Although we Left a way following twinkle stars,
I have returned alone

On the way returning alone
Even one raindrop did not fall

4부

Chapter 4

무심해져 녹아내리는 의식의 단면은
그대 안에서 우는 불안한 빗방울 속에서
그대 마음속에 파고들어 가도
갈등과 고민에 꽉 찬 외면
오직 상상 속 가빠지는 숨소리

Although a section of consciousness melting by indifference
Dig into your heart
In uneasy raindrop weeping in you,
Looking the other way, full of conflict and agony
Lets the breathing be out of breath only in the imagination.

녹슨 바나나

녹슨 바나나를 한 입 베어 물고
깎지 않은 손톱을 껴안는다
그대의 손길은 어둡고 차갑다
어리석은 나의 습한 손길

때론 나에 대하여도 무지하고픈
허공을 응시하는 빈 눈동자 빈 웃음
플러그를 꽂아 별을 밝히며
나뭇가지에 달랑거리며
붙어있는 늙은 잎사귀에
편지를 써 그대에게 보내고 싶다

그대의 마음속
그 복잡한 마음속에 나도 있을까
있다면 무슨 색깔일까
어두운 검정일까
열정적인 빨강일까
지루한 노랑일까

이성이 없어 이루어지지 않는
불타는 사랑은
내 두 눈에 샘물이 고이게 한다

시야를 흐리는 하루살이 떼들
어제 들른 하수구 배관공이
히죽거린다

A Rusting* Banana

Cutting off a mouthful of a "rusting"*(gone brownish) banana,
I caress fingernails not trimmed.
Your hand is dark and cold;
Mine, absurd and moist.

Hoping sometimes as shallow of even me,
I gaze into the air with vain eyes plus a vain laugh.
Still, plugging in the stars to light up,
Would I like to write a letter
On a withered leaf dangling to a twig,
And send to you.

Hey, in your heart
Is there me too?
In that your intricate soul?
If so, as of what color:
Pitch black or passionate red?
If not, is it of dull yellow?

O love, so burning yet to fulfill
Due to no reason,
You let my eyes well up.

A swarm of mayflies clouds my sight;
And the drain plumber dropped by yesterday,
He keeps smirking somehow.

실체는 없었다

검은 열기를
흔들고 있던 밤
어둠은 슬펐다

슬픔을 지켜보다
잠 속에 빠져든다

떨어지는 별가루
별가루 주워 모아
아침 햇살에 담근다

머리 위에 둥둥 떠다니는 그대
내가 만든 시나리오에
집어넣으려 해도
들어가지 않는 그대

깨질 듯 연약한 그대
유혹의 길 멀어
생각 속에 깊은 꿈을 꾸며

잡으려 해도
도망가 버리는 그대이기에
한낱 꿈속의 그대이기에
소리 없이 성장하는 나무들처럼
조용히 그대 깨달아간다

실체는 없었다
다만 구름 위 서늘한
안개만 존재하듯
실체는 내 생각과 달랐다

그것은 허공이었다

The Substance Existed Not

In the night
When the dense layer of heat shook,
Sorrowful was its darkness.

After watching that sorrows,
I fell into a deep sleep.

I gather up a myriad of stars
Powdered and rained down from the skies,
Then soak them in the morning sun rays.

Floating boom—boom above the head,
You do not accept it for me
To put you in a scenario
I made.

Feeble as seemed to be easily broken,
You are dreaming in your thinking
Far from temptation's way.

Because you run away
From me trying badly to catch,
And since you are merely in my dream,
I come to become aware of you calmly
Like trees growing silently.

Substance non-existent!
It differs from my thoughts,
Rather like the cold air bubbles
Above clouds.

It was an open space.

그대는 눈을 뜨지 않는다

그대에게 취해 부풀어 오른 가슴
심장이 다 닳도록 두근거림은
그대의 마음을 기웃거리고
무심히 닳아가는 더듬는 손은
어거지 변명에 희미한 눈빛이 되어
내 속에 파란을 일으킨다

포기할 수 없는 표현은 그대가 되어
도망가는 낯 속에 꽉 찬 잉태된 진실
묵인된 칼날에 내리치는 환대 속에도
닦아도 닦아도 지워지지 않는 눈물을 흘리며

여전히 서성대는 그대 그림자는
그대만을 의지하는 역설에
그대 발치에 버티고 서서 눌린 마음은
맞지 않는 신발을 신고
그대 마음에 들락거리는 빈 혀가 되어

달라지는 가을나무처럼 속삭대는
삐걱거리는 혓바닥은
휘도는 바람에 흔들리는 현실에
점점 수그러드는 삶의 가능성에
터져나가는 눈물
그대는 눈을 뜨지 않는다

You Are Not Opening The Eyes

My chest has swollen
As drunken with you,
As much as the heart gets worn out, peering into
your mind
And groping hands to take after you carelessly
Raise a disturbance in me
Becoming faint eyes by stubbornness excuses.

Expression not to abandon become you
With the truth, fully conceived in the escaping face
And sheds tear not to erase even in a warm reception
To strike downward on the connived blade.

Your shadow hovering as ever
Becomes vacant tongue to come in and out
While my overwhelmed heart stands enduringly
At your foot
With paradox to depend on you only.

Whispering and squeaking tongue
Like a diversely changing autumn tree

Has flagged so gradually

In the actuality swaying by whirling wind

That you do not open your eyes with tears to flare up

Due to the declining possibility of life.

탈선

혀처럼 날름대는 불꽃
억지스러운 화롯가의 포로가 되어
행복한 결핍을 느끼며
추상적 관념은 강박적인 불평에
불쾌한 긴장을 하며
내 안의 파괴성향에
욕망을 초월하는 굴절된 폭력성에
항상성은 전복적인 수동성 안에서
모호한 쾌감을 불러낸다

의식은 진동을 하고
그대에게서의 과잉자극은
추상적인 갈등을 일으켜
나를 의미의 함정에 빠트려
반복적인 강박 속에
환각적인 유희는 소망의 대체물이 되고

행위의 주체인 나는
시간의 미망 안에
틈새의 관능, 그 농밀함에
비범한 주의력은

기질로의 회귀를 불러일으켜
그대에 대한 재 긍정을 유발시킨다

Delinquency

Sparks, to dart in and out as tongue
Becoming the prisoner of willful fireside
Feeling happy deficiency
For obsessional grumble for abstract idea,
Have offensive strain for obsessional grumble for
abstract idea.
For the distorted violence propensity
Transcending desire for devastation propensity in
me
In passivism to overturn principle of homeostasis,
It calls out a ambiguous pleasure

While consciousness oscillates,
Excessive stimulation from you
Causes abstract conflict
To fall into the trap of my signification,
The play of illusion is a substitute of hope
In repetitious compulsion.

I as the identity of act
In the delusion of time,

With extraordinary attentiveness
For carnal desires of crevice and its sturdy
Arouse regression to nature
And induce again positivity for you.

허공만 더듬는다

그대의 슬픈 눈빛에
이유 없는 약속을 한 고독이
이기적인 자아에
깊숙이 박히는 모순

벗겨내려 해도 벗겨지지 않는
흔들리는 무지는
점점 결빙되어가는 영혼에
웅크리는 밤이 되어

꾸덕꾸덕 생기를 잃어가는
갈라져 가는 낯은
쏟아지는 그리움의 밤에
놓쳐버린 기억 속에

또 다른 밤에 날 유혹하는
꿈 속 같은 희미한 미소는
혼자만의 속삭임에 억지로 마주앉아
매일 반복되는 헤매임에
불투명해지는 현실

상투적인 굳은 표정으로
우레와 같은 겨울 빗소리에
처음부터 흐렸던 시선은
움푹 패인 골짜기에 흐르는
냇물에 취해 잠시 자아를 잃고

부풀어가는 그림자는
좁은 방 안에서
허공만 더듬는다

Groping The Air Only

The solitude promising without reason
For your sorrowful eyes
Is contradiction rooted deeply
For the selfish self—ego.

Shaking ignorance not to wash off
No matter how may I try to do
Becomes crouching night
For the spirit to be frozen gradually.

Face to split gradually
Losing liveliness layer after layer
Is missing remembrance
On the night to pour longing.

A dim smile looking like a dream to tempt me
Seem to be opaque practically
In the wandering to repeat every day practically
Reluctantly sitting face to face
With my only whisper alone.

Dull—looking eyes from the beginning
For the winter rain sounding like a thunderbolt
In conventional harden expression
Become to lose self—ego a while,
Drunken a bit on the stream, Flowing in the hollow
valley.

The inflating shadow
Gropes the air only
In the cramped room.

침묵하는 대답

본질을 상실한 검은 낮에
흔적만 남긴 시간의 비루함에
그대 곁에서 제멋대로 자란 자아가

점점 낯설어져 가는 그대의 낯
망설임 없는 형체가 되어
거친 그대의 입김 속에서
울창해지는 나의 위선은
눈물을 통해 너를 보는 오해로

그대 곁에 머무는 그리움이
붉은 심장을 부풀리고
나의 심연을 짓이기는
침묵하는 대답은
촉촉이 입술을 적셔오고

잿빛 눈길 속에 깨어진 파편
얇아지는 도발
건조해지는 무지
거친 머리칼은 부서지고
맥박은 그대를 적시고

그대가 남긴 명백한 흔적에
그대의 사과의 입술에
다시 도발하는 나

그대의 거친 호흡은 자유하고
그대의 호흡에 그대를 읽고
나의 호흡에 그대는 나를 읽고

하지만 두 번 다시 찾아오지 않는
이 두근거림
곰곰이 적셔오는 바람

Silent Reply

The abjection of time only leaving traces
On the black face deprived of substance
Let ego—self grow by your side unruly.

Your face comes to be gradually unfamiliar,
Becoming a shape without hesitation,
My hypocrisy becoming dense increasingly
In your coarse stream of breath
Lets me misunderstand you looking through tears.

My longing abiding by your side
Inflates dark—red heart
And your silent reply
To knead my abyss
Come to soak lips damp.

Broken fragment in your grey eyes
Thin provocation
Ignorance growing dry
Harsh hair are all crushed,
While pulse moisten you

And I provoke again
Against your apologizing lips
For the clear traces that you have left.

Your rough respiration is free,
While I ponder on your respiration,
And you understand me for my respiration.

Like this palpitation
Not to expect a visit anymore
The wind comes to soak me ponderingly.

소생을 약속하는 허무

늦은 밤 바스락거리는 별들
침묵으로 가장한 어둠은
문틈 미끄러질 듯한 햇살이 그리워
그대를 닮은 실존에
입술을 어루만지며
허공을 누르는 자아는
그림자를 따라 배회한다

자유롭지 못한 사색이
공허감에 눈이 멀어져
어둠을 견뎌내지 못하는
숨겨진 베일에
적막감을 빌려준 입김은
그대 위에 뿌려지고

주저하지 않는 검은 심장은
들리지 않는 목소리에도
덜컥거리는 창문 그 너머에
나의 삶을 지키는 위로가

눈과 비가 겹쳐 내리는 봄
무감각한 시선이
그대의 가장자리만 더듬는다

그대의 마음에 베인 상처에도
섬세한 두려움을 감추고
다시 또 다가가는 시린 심장에
비틀린 공허가 한마디 말에
흩뿌려진 낙엽이 되어
또 다시 소생을 약속하는 허무

말 없는 그대 체취에
다시 찾아오는 고독

Nihility Promising Resuscitation

Rustling stars and darkness disguising silence at
late night,
Missing the sunbeams
As like sliding between door crevices,
The ego pressing the space saunters
Following a shadow
With my hand patting over the lips
For the existence to resemble you.

While pondering with no freedom
Does not endure the darkness,
Losing my sight by a sense of emptiness,
My breathing lending loneliness
To hidden veil,
Sprinkles above you.

The black heart, not hesitating,
Keeps the consolation in my life
Beyond rattling window
Even if hearing nothing.

Spring overlaps snowing with raining
My insensitive sight gropes
Only your borders.

I conceal delicate fear
Even in my hurt cut in your heart
To approach again and again
For your chilly heart
Becoming scattered defoliation for one word
Promise resuscitation over again in vain.

Over your body scent in silence
Solitude revisits me.

모순과 위선

허공의 구석으로부터
어딘지 모를 바람이 분다

그대와 융화되지 못하고
그대를 듣고 의아해하며
마음의 중심을 잃은 탈선이
이해타산적 운명의 감지에
결국 우리가 남이 되게 한다

그대의 이성과 나의 감각이
육감적 퇴폐를 관념에서 몰아내며
날이 선 근육이 책임을 느껴올 때
희열을 느끼는 자기도취에
결국은 침체되는 자아를 방황케하는
이기적인 모순

그대와 함께한 경험과 시간들이
마음속에서 도태될 때
협소하고 혐오적인 감성이
나의 직감 속에서 비웃듯 웃으며

순간적인 반항에서
극단적 사고를 내비치며
이별케 하는 모순은

온몸의 가죽이 벗겨질 듯한 고통 속에
겉과 속이 거리가 먼
그대의 위선이다

Contradiction And Hypocrisy

From a corner of vain space
The wind blows from nowhere.

Being dubious at your word,
Disharmonized with you;
To have a hunch of calculating fate
With the core of the heart losing,
These all put us estranged from each other.

After all, we all find is a selfish contradiction
To wander as a stagnated self−ego
Expelling voluptuous decadence from
Your rationality and my sensibility
When we come to feel
The responsibility of the jut−out muscles.

If my experience and time shared with you
Are eliminated in our heart,
The narrow and detestable sensibility
Will mock me in my intuition.

To defy in a moment
Intimating extreme thinking
Contradiction, separating us—

It's your hypocrisy to have a far distance
Between outside and inside
In suffering from the skin taken off.

허상과 무의식

비가 부스스 내려
떨어진 나뭇잎들은 버석거리고
난 그 나뭇잎 따라
비탈길을 내려 버스정류장으로 걷는다

이젠 그대와의 오해도 깨어지고
점점 명확해지는 본질 속에
그대와의 얇은 벽이 투명해진다

허상과 무의식 속
내 안에서 잠자는 그대
깊은 꿈을 꾸고 있는 그대 속에
무의식이 의식을 넘어

의식의 끝을 잡고
날아가버릴 생각을
붙잡으려 할 때
나의 모습이 되살아난다

우리에게 공백은 없었다
단지 서로를 너무 깊이
느끼지 못했다는 점만 도렷하다

그대가 나에게 좀 더
과감하게 다가와 준다면
해갈되지 않는 나의
열정적 마음이
더욱 그대를 끌어당길 텐데

그대를 꼼꼼하게 느끼고 싶다
비 오는 날 떨어진 나뭇잎조차
자기 자리를 잃지 않듯
그대에게 고착(固着)되고 싶다

A False Image And Unconsciousness

Under the gentle rain
The fallen leaves rustle;
And I tread along them and walk
Down the slope to the bus stop.

Now, as our misunderstanding fades,
With the essentials becoming clearer,
The thin wall between you and me gets transparent.

Inside a false image and unconsciousness;
Inside you sleeping within me
And are in a deep dream,
Unconsciousness goes beyond consciousness.

When I attend to catch
My flying thoughts,
Holding the edge of consciousness,
My being revives.

Oh, no gap was between us!
Except for our lack of empathy, deep enough to share:
So apparent indeed.

If only you come closer to me
More drastically,
My passionate heart,
Though not easy to appease,
Could draw you nearer.

I wish to feel you scrupulously,
And like even the fallen leaves on rainy days
Keep their spots,
I want to fasten to you.

허망한 실존

비 온 뒤 축축해진 마음에
오직 내 마음에만 실존하는
말라비틀어진 숨결

관능적으로 다가온 건 그대인데
마치 나인 양 돌아서는 갈한 입술

어눌하게 서늘한 비릿한 냄새가
내 마음에 진동할 때
눈만 깜박이는 그대는
촘촘한 마음만 태우고
잘린 심장이 마음속을 헤집고
태엽을 감아야 태어나는 본질은
본연의 내가 되어 그대의 향기를 훑고

별과 함께 잠든 너의 실존이
내다 버린 액자에 실린 그대 미소가
그대의 껍질을 씻으며
뼈의 마디마디가 새로 태어나는 순종 속에
뻣뻣하지만 가지런한 앞이마를 가진 실존은
내 머리칼을 쓸어 넘기고

그대 마음 착오로 잘못 읽어
홀로 가슴 졸여하며
마음을 펼치지 못하고 말라가는
오직 그대 향한 그리움은

거울 바깥으로 사라지는 실존에
피상적인 가슴은 졸랑거린다

Futile Existence

Breathings, gone so dried up
Exist only in my mind,
Wetted following the rain,

It's you approached me sensually,
While my lips get thirst as if they were myself to
turn on.

When a fresh scent, somewhat like from the sea,
Reeks in my mind,
You are just blinking your eyes
To burn my thick heart out.
While my cut heart digs up my inside,
My nature to be born by winding a clockwork only
Strips off your scent, becoming my real self.

Your existence with the front forehead stiff and neat
Sweeps my hair up in the obedience
That all the joints of bone are born newly
When your very being slept with stars together
And your smile loaded on a frame to be thrown away
To wash your skin.

Since I read your mind by a mistake,
Having been so anxious,
My yearning for you alone
Dries up, not opening my heart.

My shallow heart gets frivolous
At the being's disappearance from the mirror.

허공에 걸친 비애

눈물로 베낀 그대의 그림자는
차가운 심장으로 밟아 무너져가고
헛바람 난 심장은 검푸르게 변하여
부스럭거리는 기억에 시린 손길에
초점을 잃어 흔들리는 밤

그대의 눈빛에 마비된 손끝에
낯선 숨소리는 바람에 잠이 들고
사라진 풀벌레 울음에 꽉 찬 고요
점점 캄캄해져 흐려지는 눈빛

무심해져 녹아내리는 의식의 단면은
그대 안에서 우는 불안한 빗방울 속에서
그대 마음속에 파고들어 가도
갈등과 고민에 꽉 찬 외면
오직 상상 속 가빠지는 숨소리

비루한 눈물로 손은 떨리고
꾸역꾸역 토해내는 오열은
비릿한 혼잣말에 더덕더덕해지고

고요에 머무는 그대의 손길은
슬픔 없는 눈물을 흘리는 그 위선에
그대의 가볍고 허무한 입김
어둠은 그대보다 먼저와 있었다

Sadness Spanning The Air

Your shadow copied in tears
Is gradually collapsing, stamped by cold heart,
And the heart with a false love affair
Transforms so dark to lose the focal point
By chilly hand rustling remembrance.

Your unfamiliar sound of breathing for the end of
fingers
Paralyzed by your eye—lights, fall asleep by the
wind,
And tranquility is full of the grass insects,
Your dim look is gloomy gradually.

Although a section of consciousness melting by
indifference
Dig into your heart
In uneasy raindrop weeping in you,
Looking the other way, full of conflict and agony
Lets the breathing be out of breath only in the
imagination.

My hands shiver by mean tears

And the wail to disgorge repeatedly

Become clustered with soliloquy smelling a little

bloody

Your hand staying in stillness,

For the hypocrisy to weep without sadness,

Your light and the painful breath came

So far earlier than you.

눈빛을 쏘았다

그대에게 눈빛을 쏘았다
그대를 향한 나의 의지
나의 심연에 유영하는 그대의 인식

의지박약과 현실주의로 의욕을 잃고
내 몸 속에 돌아다니는 가시로
그대의 심장을 꿰뚫고 찌른다

얕은 바다를 두려워하는 무거운 심연은
나의 감정을 끌어내리고
어리석은 경멸은 울음을 내어밀고

나의 영혼을 질식케 하는 그대의 위선은
나의 심장을 찌그러뜨려 거친 비를 내리고
그대의 큰 욕구는 나를 비틀거리게 한다

낡은 문처럼 삐걱거리는 나의 마음은
그대의 그림자 속에서 위선이 되고
나의 마음을 여는 그대만의 열쇠는
그대와 나의 무심한 우연들을
필연으로 만들려 나의 눈과 귀를 닫게 한다

점점 낯설어지는 나의 영혼과
마음속에 감추어진 나의 의지는
거꾸로 움직일 수 없는 시계와
거꾸로도 움직일 수 있는 생각 속의 다름에
나의 의지를 무력하게 한다

행위 안에 있는 자아
손가락을 베어 무는 장밋빛 사과
그대에게 눈빛을 다시 쏘아 보냈다

Shooting Out Eye Light

I shoot out my eye light at you.
It was my will for you and your perception
Floating in my abyss also.

Having lost my motivation due to
The shortage of willpower and realism,
I prick through your heart with the wandering spine
in my body.

The heavy abyss scares shallow ocean,
And pulls down my sentiment
And foolish disdain drives out tears.

While your hypocrisy to suffocate my spirit
Squeezes my heart into harsh rain,
Your huge desires let me stagger.

My heart, squeaking like a worn door,
Becomes hypocritic in your shadow.
And your only keyhole to open my heart
Lets me close my eyes and ears
To make your and my nonchalant accidents inevitable.

My will, hidden in my soul and my heart,
Become unfamiliar gradually,
To make me powerless, due to the differences
Between the clock not to move backward
And the thinking to move backward.

As a self−ego in behavior,
As a rosy apple to bite off a finger,
I shot my eye light at you again.

자조적 웃음

무겁고 복잡한 이성이
그대를 방치한다

나에게 창작적이게 하는 실리(實利)는
시간마다 변하는 담쟁이 장미처럼
나를 자각하고 의식하게 한다

마른 눈물은 잿빛이 되고
그대와 나의 경계는 더욱 분명해지고
그대와 나의 개연성은 우연이 된다

기다리지 않아도 후회하지 않는
혼자만의 외침이 결국 필연이 되어
마음 안에 혼란이
우리의 다름을 끄집어내며

비바람에도 날아가지 않는
못난 추억 속에
그대는 기억의 파편에서
점점 떠나고
서툰 짐작은 기실화 되어 나를 울리고

마음 떠난 빈 육체는
다만 후회하지 않기를

내 마음의 언어들은 구워져
자조적 웃음이 된다

Self–Mockery Laughter

Heavy and complicated reasoning
Leaves you careless.

The usefulness of making me creative
Awaken and lets me be conscious of myself
Like ivy rose to change every hour.

Dried tears become colored ash,
And the boundary between you and me comes more
obvious,
The probability between you and me becomes
accidental.

The flurry in my heart
Takes out the difference between us,
Because we do not regret being deprived of waiting,
To regard my solitary shouting as a necessity.

You leave gradually
In foolish–like reminisce not flying
Despite the rain and wind

In my pieces of memory.
Clumsy surmise makes me cry to become true;
Even an empty body departing your heart
Lets my wish only not to regret.

My words to be broiled in my heart
Become self—mockery laughter.

평설

합일지향과 내적 동경의 시

박진환
(시인, 문학평론가)

합일지향과 내적 동경의 시

박진환

(시인, 문학평론가)

1. 전제

어떤 일에 마음이 팔리어 그것만을 그리워하고 못내 생
각함을 동경(憧憬)이라고 한다. 낭만주의를 일컬어 동경의
미학이라고 하는 것은 주관적, 공상적, 개성적, 상징적,
신비적, 초자연적, 혁명적, 정열적, 동경적 특성을 지녔기
때문이다. 이러한 특성 중 동경은 낭만주의를 대표하는
내적 동경이라는 특성을 지녔기 때문이다.

내적 동경은 정신지향이 그리워하는 대상과 부단히 일
치하고자 하는 극성을 지녔기 때문인데 내적 정신작용,
특히 사랑의 방출방식이자 방출이 상대에 가 닿음으로써

일치하고자 하고 합일하고자 하는 특성을 지녔기 때문에 명명된 것이다.

주지하다시피 낭만주의 시는 수직적 동경, 수평적 동경, 그리고 내적 동경으로 합일지향의 방위에 따라 구분된다. 수직적 동경은 상승지향을 통한 천상지향의 극지에 가 닿음으로써, 반대로 하강지향을 통해, 분화되지 않는 태초의 세계에 도달하고자 하는 정신지향으로 대표되고 있다. 방위는 수직의 상하로 달리하고 있으나 영원성, 무한성, 합일성의 일치를 지향한다는 점에서는 그 본질을 같이하게 된다.

수직적 동경과는 달리 수평적 동경은 자연의 초절경을, 이국적 엑조티시즘의 좌우성을 지닌다. 한편으로는 초절경에 진입하고자 하고, 다른 한편으로는 이국 취향의 엑조티시즘에서 새로운 이상향을 체험하고자 하는 경향이다.

이와는 달리 내적 동경은 정신지향이 가 닿고자 하고, 닿아 합일하고자 한다는 점에서 합일지향을 본질로 하게 된다. 사랑하는 대상에의 연모나 미련, 그리움 같은 것을 충족시키기 위해 부단히 사랑을 고양시켜 이상화한다거나, 대상의 초월을 통해 영원화한다거나 하는 그런 내면적 욕구지향이다.

사랑의 대상을 '너'에서 '그대', '그대'에서 '당신', '당신'에서 절대사랑의 '천사', 영원한 사랑의 대상으로서의 '마리아'로 고양, 승화시킴으로써 영원한 이상의 대상으로 이끌어 올리는 따위가 이에 해당된다. 이상화가 시 「나의 침실로」에서 '너'를 '마돈나', '마리아'로 고양, 이상 존재로 승화시킴으로써 육체는 소멸해버리고 정신만 남는 사랑으로 이상화했던 승화의 경로는 내적 동경의 한 예로 제시될 수 있다.

일찍이 임어당이 "시인은 분석 같은 것을 하지 않는다. 또한 이론적인 정연한 문구나 논쟁해야 할 학리를 모른다. 그는 단지 결단하고 말해버린다. 그가 말하는 것은 인간에 관한 것이다. 그는 인간의 고통, 상심, 동경을 이야기한다"고 피력한 바 있다. 이 지적에서의 동경도 다르지 않은 내적 동경과의 맥락성을 지니고 있다. 그것은 동경이 수직도, 수평도 아닌 인간에 관한 내면적 사랑에 대한 동경의 표출이기 때문이다.

임경원 시인이 추구하는 지칠 줄 모르는 부단한 합일지향도 시인의 내적 동경의 표출로 보여지고, 합일지향의 에너지로 그리움을 분출, 연소하는 내연의 불꽃으로 보여지기 때문이다. 그렇다고 임경원 시인의 시를 낭만주의 시로 규정하지는 않는다. 시적 특성이 그렇다는 뜻이다.

대영역판으로 발행되는 시집 『식어가는 검은 입술』에 등장하는 합일지향의 대상은 예외 없이 '그대'로 설정되어 있다. '그대'는 너라고 하기에는 거북한 자리에 쓰는 문어체의 말이다. '자네'보다는 높임말이고, 애인끼리는 '당신'이라는 뜻으로 쓰이는 말이다. 이 말의 대상 존재를 '님'이나 '마리아', '천사'로 승화시켜 초월적 존재로 이상화시켰을 때 내적 동경의 궁극은 실현된다. 임경원 시인의 시집

『식어가는 검은 입술』에는 40여 편의 시가 대영역으로 실려 있다. 시편들이 제시하는 합일지향의 양태를 제시했을 때 내적 정신지향으로서의 내적 동경의 양태는 그 본질을 극명히 해줄 것으로 보고 시를 제시해 본다.

2. 합일지향의 시편들

시집『식어가는 검은 입술』에 수록된 대부분의 시편에 등장하는 합일지향으로서의 대상은 '그대'다. '그대'가 '너'라기에는 거북해 달리 명명한 문어체의 말인지, '자네'를 높임말인지, 애인끼리 쓰는 당신이란 호칭으로 대신 쓰인 것인지에 대한 정체(正體)는 알 수 없다. 그렇기는 하나 다가가 하나로 합일하고자 부단히 지향하는 대상이란 점은 분명하다. 시를 제시했을 때 이 점 더 극명해질 것으로 본다.

가) 우리에게 공백은 없었다
단지 서로를 너무 깊이
느끼지 못했다는 점만 도렷하다

그대가 나에게 좀 더
과감하게 다가와 준다면
해갈되지 않는 나의
열정적 마음이

더욱 그대를 끌어당길 텐데

그대를 꼼꼼하게 느끼고 싶다
비 오는 날 떨어진 나뭇잎조차
자기 자리를 잃지 않듯
그대에게 고착(固着)되고 싶다

나) 그대를 뱉어내고 싶지만
나의 마음을 잔잔케 하는 그대
소리보다 빠르게 그대에게 가고 싶다

미동도 하지 않는 꺾어진 어깨
수그러드는 얼굴
비가 올수록 더욱 질겨지는 머리카락

오늘따라 착한 마을버스를 타고
내 마음 그대 향해 점점 투명해진다

예시 가)는 「허상과 무의식」, 나)는 「뚱뚱해진 눈빛」의 각각 일부다. 예시의 메인 이미지는 합일지향이다. 예시 가)에서의 시행 '그대가 나에게 좀 더/과감하게 다가와 준다면'과 '열정적 마음이/더욱 그대를 끌어당길 텐데'가 읽게 해주듯이 그대가 다가와 주고 내가 끌어당겨 하나가 되기를 갈망하는 합일지향을 토로하고 있다. 그런가 하면 예시 나)에서의 시행 '그대를 뱉어내고 싶지만/나의 마음을 잔잔하게 하는 그대/소리보다 빠르게 그대에게 가고 싶다'도 다가가 하나가 되고 싶다는 합일지향이다.

합일지향엔 여러 이유가 개입될 수 있다. 불일치, 단절, 고립, 단독자 의식, 소외, 이별 등 여러 가지가 제시될 수 있다. 여러 가지를 일일이 다 제시할 수는 없지만 시에 의하면 '플러그를 꽂아 별을 밝히며/나뭇가지에 달랑거리며/붙어있는 잎사귀에/편지를 써 그대에게 보내고 싶다'(「녹슨 바나나」 2연)에서 읽을 수 있듯이 '편지를 써 그대에게 보내고 싶다'는 '그대'와 함께 있지 않는 각각 따로 떨어져 있는 별리를 의미한다. 이는 불일치일 수도, 단절일 수도, 이별일 수도 있는 이유를 성립시켜 준다.

그런가 하면 시 「자조적 웃음」에서는 '기다리지 않아도 후회하지 않는/혼자만의 외침이 결국 필연이 되어/마음 안에 혼란이/우리의 다름을 끄집어내며'에서 볼 수 있듯이 '혼자만'이라는 단독자를 환기시켜 준다. 단독자는 다시 단절, 고립, 소외 등을 환기시켜 줌으로써 일치할 수 없는 합일지향을 역행하는 불일치를 읽게해 준다.

3. 불일치를 극복하기 위한 에너지 그리움

'그대'와의 단절이 이별이었건 불일치였건, 고립이었건 합일하지 못함으로써 부단히 합일지향의 에너지를 분출시켜 '그대'에 가 닿고자 한다. 시「허망한 실존」,「멀쩡한 그리움」, 그리고「먹먹한 슬픔」에서의 그리움이 이를 말해주고 있다.

그대 마음 착오로 잘못 읽어
홀로 가슴 졸여하며
마음을 펼치지 못하고 말라가는
오직 그대 향한 그리움은

거울 바깥으로 사라지는 실존에
피상적인 가슴은 졸랑거린다

–「허망한 실존」일부

진실을 거스르면 아픔만 남는다
나의 진실 된 마음은
나의 의식에 갇혀 마음껏
쏟아내지 못하고
과거로 과거로 치달아
현재를 부정하며 미래를 꿈꾸며
계절을 초월한 채 시들어가지 않는다

너무도 멀쩡한 그리움
그대에 대한 사랑 후회하지 않는다

하지만 이 슬픔

– 「멀쩡한 그리움」 일부

솔직한 비밀은
차라리 무기력이라 치부하며
한참의 침묵을 요구하는
먹먹한 슬픔 그 속의 눈물이
축축하게 가려진 추억을
호흡하는 심장에 진실을 토로하고

사랑임을 모르는 사랑이 진짜 사랑이듯
웃음으로 자조하며 나를 분노케 하는
거친 바람에도 흔들리지 않는 대담함이
그대 향한 커다란 그리움을
절박하게 잘게잘게 곱씹게 한다

– 「먹먹한 슬픔」 일부

예시에서 볼 수 있듯이 시편마다에 그리움이 동원되고
있다. 그리움은 '그대'에게 다가갈 수 있는 유일한 통로다.
이 통로는 그리움의 연소를 에너지원으로 다가가는, 다가
가 합일될 수 있는 통로와 에너지 구실을 함께해 준다.
 일찍이 프랑스의 여류 소설가였던 G. 상드는 "사랑이

란 우리들의 혼의 가장 순수한 부분이 미지의 것에 향하여 갖는 성스러운 그리움이다"고 피력했다. '혼의 가장 순수한 부분으로서의 그리움'이 어찌 미지의 것에만 발현될 수 있겠는가. 미지가 아닌 기지의 대상을 향하여 갖는 성스러움도 되지 않겠는가.

임경원 시인의 경우에도 사랑의 대상에 다가가기 위해 동원한 순수 에너지가 그리움이었을 것이란 추정은 시가 말해주고 있다. 예시 「허망한 실존」에서의 시행 '오직 그대 향한 그리움'의 가 닿고자 하는 합일지향, 「멀쩡한 그리움」에서의 '나의 진실된 마음'으로서의 그리움, 그리고 「먹먹한 슬픔」에서의 '그대 향한 커다란 그리움'은 각기 표현은 달라도 '그대'를 향한 합일지향의 순수만이 동원할 수 있는, 내면의 불꽃만이 연소할 수 있는 에너지로 보아줄 수 있다.

이러한 그리움의 연소를 에너지원 삼아 가 닿고자 한 '그대'와의 합일지향에도 불구하고 남는 것은 동일성의 실패, 단독자를 극복하지 못한 그대와의 단절 의식이다. 시를 제시해 본다.

무겁고 복잡한 이성이
그대를 방치한다

나에게 창작적이게 하는 실리(實利)는
시간마다 변하는 담쟁이 장미처럼

나를 자각하고 의식하게 한다

마른 눈물은 잿빛이 되고
그대와 나의 경계는 더욱 분명해지고
그대와 나의 개연성은 우연이 된다
– 「자조적 웃음」 일부

검은 하늘 아래
뻔뻔스러운 사색에
순풍을 원하는 이기(利己)에
은밀한 순간적 눈길과 숨결

나의 짧은 긍지는
진리를 왜곡하는 허영에
사랑에 속은 한탄이 되어

냉혹한 그대의 가슴에
변하지 못하는 양심의 후회에
조금의 진지함도 없는 손길 속에서

나는 나로 돌아와
진정한 내가 된다

– 「생기 잃은 숨결」 일부

두 예시가 말해주고 있듯이 합일지향을 위한 그리움의 연소에도 불일치는 극복되지 못하고 있다. '마른 눈물은 잿빛이 되고/그대나 나의 개연성은 우연이 된다'(「자조적 웃음」)는 진술은 이를 말해주고 있다. '그대와 나의 경계'가 합일되지 못한 필연성 획득에 실패하고 있기 때문이다. '개연성'의 '우연'은 서로의 간격이나 거리를 좁혀주지 못한 개연성을 획득시켜줌으로써 필연성 획득에 실패했음을 보여주고 있기 때문이다.

그런가 하면 예시 「생기 잃은 숨결」에서의 시행 '나는 나로 돌아와/진정한 내가 된다'가 말해주고 있는, 발견된 자아가 단독자를 극복해 주지 못하고 있기 때문이기도 하다. 이러한 더욱 분명해진 '경계'는 경계를 허물지 못함으로써 다가가지 못함을 의미하고, 이는 달리 합일에 실패했음을 의미하고 있다. 그리고 단독자 의식은 개체의식으로서 '그대'와 동떨어져 있음을 의미함으로써 '경계', '단독자'는 '그대'와 먼 거리를 설정하고 있음을 보여주는 것이 된다.

이 먼 거리를 극복, 경계를 허물고, 단독자에서 '그대'와 하나가 되는 합일체만이 합일지향을 실현하게 되는데 시집 『식어가는 검은 입술』은 이에 대한 답을 다음을 기다리게 해주고 있다.

4. 결어

이상의 지적들은 임경원 시인의 대영역시집 『식어가는 검은 입술』을 일별해 본 결과를 제시해 본 것들이다. 이를 집약했을 때 결론을 대신할 것으로 보고 요약해 본다. 시집 『식어가는 검은 입술』은 '그대'라는 대상을 설정, 부단히 하나이기를 희망하는 합일지향에서 시를 출발시킴으로써 내적 동경의 시학과 무관하지 않다고 본다. 그것은 동경이 어떤 일에 마음이 팔려서 그것만을 그리워하고 못내 생각함을 이르는 말이기 때문이다. 임경원 시인의 '그대'와의 합일지향은 이런 의미에서 동경이 되기 때문이고 이러한 내적 합일지향은 내적 동경으로 읽어줄 수 있기 때문이기도 하다.

앞으로 남은 불일치의 극복을 통한 합일지향이 어떻게 성취될지는 다음 시집의 몫으로 남겨둘 수밖에 없을 것 같다.

식어가는 검은 입술
My Black Lip Cooling Far More

임경원 한영대역시집

translated by Lim Kyoung-won

발 행 처 · 도서출판 청어
발 행 인 · 이영철
영　　업 · 이동호
홍　　보 · 천성래
기　　획 · 남기환
편　　집 · 방세화
디 자 인 · 이수빈 | 김영은
제작이사 · 공병한
인　　쇄 · 두리터

등　　록 · 1999년 5월 3일
(제321-3210000251001999000063호)

1판 1쇄 발행 · 2021년 11월 20일

주소 · 서울특별시 서초구 남부순환로 364길 8-15 동일빌딩 2층
대표전화 · 02-586-0477
팩시밀리 · 0303-0942-0478

홈페이지 · www.chungeobook.com
E-mail · ppi20@hanmail.net
ISBN · 979-11-5860-995-5(03810)